2012 Produit et publié par Éditions Phidal inc.
5740, rue Ferrier, Montréal (Québec) Canada H4P 1M7
Tous droits réservés

Des questions ou des commentaires ? Communiquez avec nous au **customer@phidal.com**
Site Internet : **www.phidal.com**

Traduction : Valérie Ménard

Imprimé en Malaisie

Nous reconnaissons l'aide financière du gouvernement du Canada par l'entremise du Fonds du livre du Canada pour nos
activités d'édition. Phidal bénéficie de l'appui financier de la Société de développement des entreprises culturelles (SODEC).
Gouvernement du Québec – Programme de crédit d'impôt pour l'édition de livres – Gestion SODEC.

Lorsqu'Andy était jeune, il adorait s'amuser avec ses jouets.

Il y avait Rex, Hamm, Jessie, Bourrasque, Buzz Lightyear, Slinky et les extraterrestres. Mais le jouet qu'Andy préférait à tous les autres, c'était le shérif Woody.

Aujourd'hui, Andy a grandi et il s'apprête
à quitter la maison pour aller à l'université.
Il décide d'emporter Woody avec lui.

Andy a l'intention de remiser
ses autres jouets au grenier.
Mais sa mère prend le sac
par mégarde. Oh non! Elle croit
qu'il va à la poubelle!

Heureusement, les jouets parviennent à sortir
du sac et à se réfugier dans le garage avant l'arrivée
du camion à ordures.

Woody les rejoint et leur explique qu'il s'agit
d'une erreur : Andy n'a jamais eu l'intention de
les jeter ! Mais personne ne le croit.

Jessie aperçoit soudain une boîte de dons.
Tous les jouets grimpent à l'intérieur.

La boîte de dons aboutit à la garderie Sunnyside. Jessie, Buzz et le reste de la bande sont excités ! Ils y trouvent des jouets accueillants et toutes les piles dont ils ont besoin !

Lotso, l'ourson en peluche, les accueille chaleureusement.

—Sunnyside est la meilleure chose qui pouvait vous arriver ! leur dit-il. Ici, on ne vous oubliera jamais.

Woody n'est toutefois pas convaincu.

—Nous sommes les jouets d'Andy, insiste-t-il, en vain.

Il décide de rentrer à la maison sans les autres.

Il se sert d'un cerf-volant pour s'envoler. Puis, il fait une chute !

Une fillette nommée Bonnie trouve Woody et l'emmène chez elle.

À la garderie, les choses ne sont pas de tout repos.

Les enfants lancent et frappent les jouets, puis les mettent dans leur bouche.

Les jouets ressortent de cette expérience
blessés et épuisés. Woody avait raison :
cet endroit n'est pas pour eux. Ils ont besoin
d'aide ! Ils veulent rentrer chez Andy.

Cette nuit-là, Buzz décide d'aller discuter
avec Lotso.

Mais un autre problème l'attend…

C'est Lotso! Il veut que Buzz et ses amis restent dans la salle des tout-petits, puisque ces derniers maltraitent les jouets. Ainsi, il n'aura pas à y retourner *lui-même*.

Lotso demande à ses complices de capturer Buzz. Le justicier de l'espace a de gros ennuis!

Et les autres jouets aussi !

L'ourson les enferme dans des paniers
pour la nuit… et c'est Buzz qui les surveille !
Lotso a modifié ses paramètres. Le justicier
de l'espace croit maintenant que les jouets
d'Andy sont des ennemis au service de
l'empereur Zurg !

Pendant ce temps, Woody vit une tout autre expérience dans la chambre de Bonnie. Il fait la rencontre de jouets sympathiques. Un vieux clown, Rictus, l'informe qu'il connaît Lotso depuis très longtemps. Woody apprend que ce dernier est méchant et que ses amis sont en danger !

Woody souhaite rentrer chez Andy, mais il doit d'abord aller au secours de ses amis!

Il retourne donc à la garderie, où il aide les jouets à planifier leur évasion. Woody et Slinky s'emparent des clés de la garderie.

Puis, Rex et Hamm
réinitialisent les paramètres de Buzz.

Les jouets traversent ensuite le terrain de jeu jusqu'au vide-ordures.

—C'est notre seule issue, dit Woody.

Oh non! Lotso les attend à la sortie
du vide-ordures!

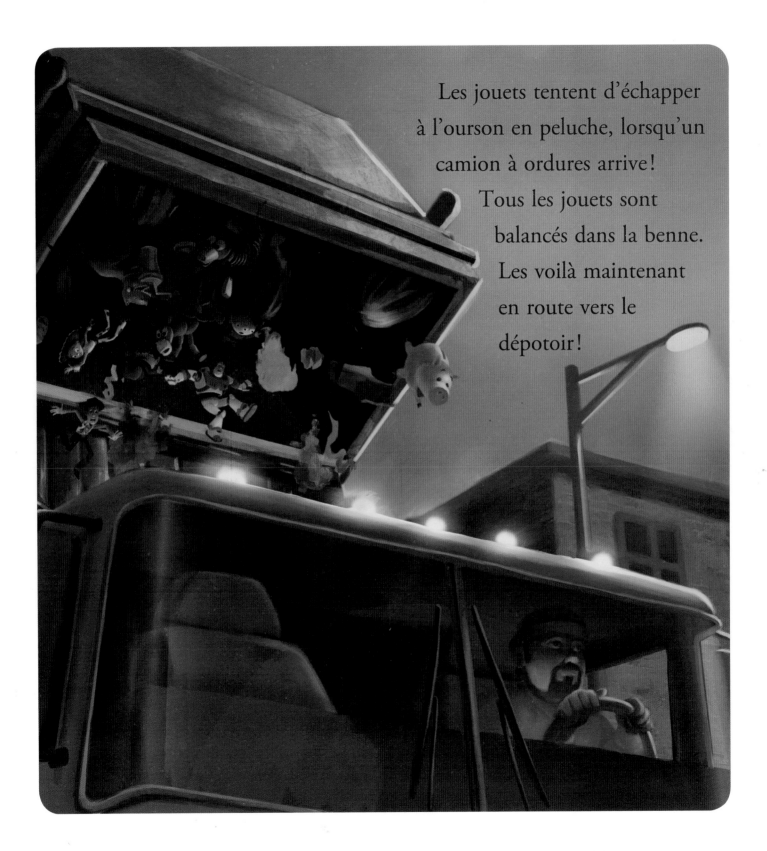

Les jouets tentent d'échapper
à l'ourson en peluche, lorsqu'un
camion à ordures arrive!
Tous les jouets sont
balancés dans la benne.
Les voilà maintenant
en route vers le
dépotoir!

Au dépotoir, les jouets sont déposés sur un convoyeur qui les entraîne tout droit vers un incinérateur! Tous sont terrifiés, mais ils se serrent les coudes.

Les jouets aident Lotso à monter sur une échelle afin qu'il puisse actionner le bouton d'arrêt d'urgence. Mais l'ourson change d'idée... et n'appuie pas sur le bouton!

—Non! crie Woody, tandis que les jouets se rapprochent du feu.

Soudain, un crochet géant ramasse les jouets.
Les extraterrestres ont sauvé leurs amis!

Lotso trouve une nouvelle maison…
alors que les jouets rentrent chez eux.
Mais Woody sait que plus rien ne sera
comme avant. Andy a grandi.
Il lui vient soudain
une idée...

Au départ, Andy n'est pas certain de vouloir se départir de ses jouets. Mais lorsqu'il fait la connaissance de Bonnie, il sait qu'ils seront en bonnes mains.

Woody et Buzz regardent la voiture d'Andy s'éloigner.

—Adieu, dit le shérif.

Il vivra de nouvelles aventures, mais Andy occupera toujours une place de choix dans son cœur.